100分間で楽しむ名作小説

宇宙の声

星 新一

角川文庫
24404

目次

宇宙の声

公園での事件

学校の帰りにハラ・ミノルとクニ・ハルコは公園に寄った。ふたりは同級でもあり、家もとなりどうしなので、特に仲よしだった。

どんなに科学が進んだ時代になっても、公園のながめは、むかしとあまり変らない。草花にチョウが飛び、噴水のそばでハトが遊んでいた。

ふたりは道を歩きながら話し合った。

「早く宇宙で活躍したいなあ」

「あたしもよ。星のあいだを飛びまわるの、すてきでしょうね」

いつも宇宙にあこがれる話になってしまう。ミノルのお父さんは宇宙船会社の技師で、ハルコのお父さんは天文学者。だから、ふつうの子供より、宇宙への関心が強かったのだ。

その時、公園の道をむこうから、ひとりの男が歩いてきた。がっしりしたからだで、目の鋭い男だ。ミノルは、どことなく変なところのある人だな、とは思ったが、そのまますれちがおうとした。そのとたん、ふたりは気を失ってしまった。

ミノルは目をさました。なぜ気を失ったのだろう。どれくらい、倒れていたのだろう。まず頭に浮かんだのは、この二つだった。しかし、ハルコも、そばに倒れているのを見て、考えるのをやめ、急いでゆり動かした。

「大丈夫かい」

「ええ……」

ハルコも目をあけた。おたがいにけがのなかったことを知り、ふたりはひとまず安心した。だが、あらためてあたりを見まわし、同じ言葉を叫んだ。

「ここはどこ……」

さっきの公園ではなかった。いままでに見たことも、空想したことさえない光景だった。暗い灰色の空がある。黄色い色をした、弱い光の大きな太陽が照っている。こんなことってあるだろうか。

地面は青っぽい色の砂だった。それは高く低く波のように、遠い地平線まで広がっている。空気がうすいせいか、息苦しかった。

ミノルは目をこすりながら言った。

「いやな夢を見ているようだ」

「地球上ではないようね。あたしたち、宇宙人にさらわれて、連れてこられたのかしら」

「だけど、こんな場所にさらってきて、どうしようというのだろう」

砂漠《さばく》には、建物ひとつ見えなかった。だれが、なんのために、ふたりを不意にここへ移したのだろう。その原因を考えようとしたが、まるでわからなかった。

「これから、どうしたらいいのかしら」

「まず、落ちついて方法を考えよう。あわててかけまわると、疲れるだけだ」

「むこうに見えるの、森じゃないかしら」

と、ハルコが指さして言った。十キロメートルほどむこうに、植物らしい緑色の森がある。

「ほんとだ。あれをめざして歩こう。植物が育っているのなら、水もあるはずだ」

「夜になって星が出たら、ここが地球から遠いのかどうかの見当がつくんだけど」

ハルコはお父さんから教わって、星座についてはくわしかった。

「たのむよ、そして、朝になったら森の木に登って遠くを見よう。少しでも役に立ちそうなものを、この星でさがそう。ふたりで力を合わせ、なんとかして地球へ帰るんだ」

「ええ、がんばるわ」

ふたりははげましあって、歩きだそうとした。しかし、すぐ足を止めた。変な物音を聞き、地ひびきのようなものを感じたからだ。なにげなく振りむき、ふたりは驚いた。

どこから出現したのか、大きな怪物が歩いてくる。古代の地球の恐竜のような形で、赤と黒のまざった、気持ちの悪い色をしていた。

ハルコは小さな声で言った。

「ねえ、早く逃げましょう」

「だめだ、逃げても、すぐ追いつかれる。そうだ、横になって砂でからだをかくそう。それしか、方法はない」

急いで身をふせ、手ですくって、青い砂をからだにかけ、怪物にみつからないようにした。しかし、ぶきみにほえる声も、地ひびきも、しだいに大きくなる。さらに近づいてきたらしい。

叫び声をあげて走りだしたいが、そんなことをしたら終りだ。身動きをしてはいけないのだ。ひや汗が流れ、心臓がはげしく動く。

地ひびきが止まった。いよいよ襲われるのだろうか。砂のなかでふるえているふたりに、どこからともなく声がひびいてきた。

「ハラ・ミノルくん。クニ・ハルコさん。もう大丈夫です。起きてください……」

これを聞いて、ミノルはハルコにそっとささやいた。

「声がしたようだけど、こわさで、ぼくの頭が変になったせいだろうか」

「あたしも聞いたわ。助けがきたのかしら。思いきって起きてみましょう」

おそるおそる首をあげたふたりは、またも信じられないような光景を見た。怪物も遠くの森もすべて消え、ここは明るいドーム状の部屋だった。そばには目の鋭い男が立っている。さっき公園で会った男だった。

「なにがどうなっているのか、ぼくにはさっぱりわからない」

ミノルが言うと男は笑いながら、

「きみたちを驚かして悪かった。しかし、試験のためにはしかたなかったのです」

「試験とはなんのことです。それより、ここはいったい、どこなのですか」

「ここは、公園の地下にある、宇宙研究所の一室だ。きみたちがいま見たのは、ドーム一面に、映写された映画だ。内部の空気の調節もでき、地ひびきも起こせる、特別じかけの映写室だったのだよ」

映画の怪物に驚かされたのだと知って、ハルコは文句を言った。

「なんで、こんなたちの悪いいたずらをしたの。ひどいわ」

「じつはいま、宇宙基地で、優秀な子供を求めているのだ。もちろん希望者はたくさんいるが、勇気があって落ちついた人でなければ役に立たない。これまで、この部屋でたくさんの子供たちを試験してきたが、みんな泣きだしたり、あわてふためいたりして、合格者はひとりも出なかった。きみたちふたりが、初の合格者だ。わたしは宇宙特別調査隊のキダ・マサオという者ですよ」

男は、身分証明書を出した。目が鋭いのは、宇宙で活躍しているためだったのか、と思いながらミノルは言った。

「合格すると、どうなるのですか」

「宇宙での仕事を手伝ってもらえるとありがたい。しかし、気が進まなければ、ことわってもいいし、それに、おうちの人の許しも必要だ」

ハルコは飛び上がって答えた。

「わあ、うれしい。あたしなんでもやるわ。うちでも賛成してくれるわよ」

ミノルも同じように答えた。ふたりの家は、いずれも宇宙の仕事には理解がある。ふたりは顔を見合わせ、目を輝かした。あこがれていた宇宙で活躍できるのだ。夢のような気持ちだったが、これは夢でもなければ、さっきの怪物のように映画でもないのだ。

基地のおばけ

ここはベータ星。地面は黄色っぽく、ほうぼうにある草むらは、ピンク色で、地球とはまるでちがうながめだ。

ところどころに直径五百メートルぐらいのドームがある。地球人がここに作った宇宙基地なのだ。透明なプラスチックでできていて、内部の空気や温度はほどよく保たれ、なかではなんの不自由もなく生活ができる。ドームの上には、大きなパラボラ・アンテナがそびえている。

ミノルとハルコがキダに連れられて、ここへやってきてから十日ばかりたった。

「やっと、あこがれの宇宙基地へ来ることができたね。ハルコさん、地球がなつかしくならないかい」

と、ミノルが話しかけた。

「それはなつかしいわ。でも、ここも楽しいわよ。なにもかも珍しいんですもの」

「うん、ぼくもだ。だけど、早く仕事がしたいな。キダさんにたのんでみようよ」

ふたりはキダの部屋に行き、言った。

「ねえ、ぼくたちの任務はなんなのですか。早く命令してください。なんでもします」

「まあ、そうあわてることはないよ。しばらく、基地のようすを見学していなさい」

というキダの言葉に、ふたりは従った。基地のドームとドームとは地下道でつながっている。宇宙船の修理工場もあれば、植物の研究所もある。地下水をたくわえるタンクもあれば、鉱物の精錬所もある。それらを見物して毎日をすごしたのだ。

そして、ある夜のことだ。ミノルはベッドの上で飛び上がって叫んだ。

「わあ、おばけだ……」

少し離れたベッドでは、ハルコも同じように叫んでいた。ふたりの声があまりに大きかったので、それを耳にしたキダがかけつけてきて、電燈を明るくして言った。

「どうしたんだ。大声をあげて……」

「おばけが出たんですよ」

「しかし、どこにもいないじゃないか。どんなおばけを見たっていうんだい」

ミノルとハルコはかわるがわる答えた。

「丸くて赤くて、ふわふわ浮いていました。ゆがんだり丸くなったり、やわらかい風船のような感じでしたよ」

「それに、白い水玉もようがついていたわ。目や口でもなさそうだし、なにかしら……」

「そういえば、変な声も出していたよ。意味はわからないけど、高い声だった。しかし、どこへ消えてしまったんだろう……」

ふたりは、あたりを見まわしながら、口ぐちに言った。キダは腕を組んでうなずいていたが、聞き終ると、まじめな顔で言った。

「そうか、やっぱり出たか」

ふたりは、驚いた。ミノルは聞いてみた。

「わかっていたことなんですか。それなら教えておいてくれればいいのに。すっかりあわててしまいましたよ」

キダはその説明を始めた。

「そう簡単な問題ではないのだ。じつは少し前にも、そんなことを言い出した者があった。しかし、ほかの者がかけつけるとなにもない。基地内をくまなく調べたが、なにも発見できない。また、この惑星の生物なら、もっと以前に出現していたはずだ。幽霊としか呼びようのない感じだ」

ふたりはちょっとこわくなった。

「そんなことが、あったんですか……」

「そうなんだ。疲れやすい老人が見たのならまだしも、いちばん若くて元気で優秀な隊員だった。そのご何回もさわぐので、頭がおかしくなったのかと思い、わたしが地球へ連れて帰った」

「それから、どうなりましたか」

「地球でくわしく診察したが、頭はおかしくないのだ。そこでわたしは、もしかしたら、若い者だけに感じるなにかがあるのかもしれないと思った。きみたちに来てもらったのも、その解決に手をかしてもらいたかったからだ。しかし、あらかじめ説明したら、熱心さのあまり、なにかを見まちがえることもあると思って、だまっていたんだ」

「そうだったのですか」

ミノルにつづいてハルコも言った。

「でも、あの正体はなんなのかしら。見当もつかないわ。それに調べようにも、どこから手をつけたらいいのか……」

「大変な仕事だな」

ふたりは困ってしまった。命じられた任務が、おばけの調査だったとは。おばけが相手では、さがしまわることもできない。現われるのを待つほかに方法はない。

それからもときどき、ふたりは三回ほど夜中におばけを見た。白い水玉もようの、ぐにゃぐにゃした赤い玉が、変な声を出すのだ。そのたびに、ふたりはベッドから飛び上がる。

「また出たわ。あんまりこわい感じじゃないけど、正体がわからないのはいやね」

と、ハルコが言うと、ミノルもうなずいた。

「ああ、こっちに害は与えないようだ。しかし、変なおばけだな。電燈をつけると、あとかたもなく消えている。やはり、これは、夢のようなものじゃないかな」

「あたしもそう思うけど、夢にしては、はっきりしすぎているし、ふたりそろって同時に見るっていうのも変ね」

「その点だよ、そこがなぞなんだ」

ふたりが話し合っていると、キダがやってきて言った。

「どうだい、手がかりはつかめたかい」

「さっぱりです。いまは、現われた時刻の記録だけ。これだけでは……」

ミノルはメモを見せた。ハルコは自分の思いついたことを言った。

「あたし、星座に関係があるんじゃないかと思うんです」

「ハルコさんは、なんでも星座と結びつけてしまうんですよ」

と、ミノルは言ったが、キダは調べてみることにした。前に隊員が見た記録と、ミノルのメモとをコンピューターに入れたのだ。

ランプが明滅し、カチカチと音がし、コンピューターはやがて一枚のカードをはき出した。キダはそれを手に取ってながめていたが、驚きの声をあげた。

「これはふしぎだ。幽霊が出るのは、この基地のパラボラ・アンテナが、テリラ星の方角をむいている時と一致している……」

「その星から電波のようなものが出ていて、それが若い者の脳に作用し、あの変な夢を見させるのかもしれませんね。でも、それならもっと何度も見ていいはずだけど」

首をかしげるミノルにキダは言った。

「電波が出つづけているわけではないかもしれない。また、テリラ星の自転のためかもしれない。しかし、なんの信号だろう。風船のおばけでは、意味がわからない」

「どんな星なのですか……」

「少し遠いし、たいした星でもなさそうなので、調査に行った者は今までにいない。文明があるとも思えず、なんでこんな信号を送ってきたのか、ふしぎでならない」

「そのなぞをとく、いい方法がありますよ」

「ほう、どんなやりかただね」

「行ってみることですよ。ねえ、調べに行きましょうよ」

「うむ、しかし、それは基地の長官に相談してからだ」

三人はドーム越しに空を見上げた。星座のなかで、テリラ星がなぞをひめて光っていた。

プーポ

ミノルとハルコとキダは、基地の長官の部屋へ行き、これまでのことを報告した。長官はうなずきながら言った。

「なるほど、テリラ星からふしぎな電波が出ていて、それがここのアンテナにはいり、子供に変な夢を見させているというのだな」

「そうです、ぜひ調査に行かせてください」

キダがたのんだが、長官は首をふった。

「しかし、この基地では、ほかにも重大な仕事がたくさんある」

「そうかもしれませんが、これをほっぽっておいて、あとで手におえなくなったら大変です。早く調べたほうがいいと思います」

三人が熱心にたのむと、やがて長官は言った。

「よし、許可しよう。だが、その探検に基地の人員をまわすわけにはいかない。きみたち三人と、プーボとを行かせることにしよう」

そして、腕時計型の電話でプーボにここへ来るよう命じた。みながプーボとはどんな人かと待っていると、まもなくドアがあいた。はいってきたのはロボット、長官にあいさつをした。

「プーボです。お呼びでしょうか」

「ああ、この三人といっしょに、テリラ星への調査に出かけてくれ」

それを見てハルコが言った。

「あら、ロボットのことだったのね。でも、こんな新しい型のは、はじめて見るわ」

いままでのロボットのように、ゴツゴツした感じではなく、スマートだった。動きもすばやそうだ。長官は説明してくれた。

「そうだ、最新型なのだ。これまでは金属製ばかりだったが、これは特殊なプラスチックで作られている。プラボットと呼ぶ人もあるが、もっと簡単にしてプーボなのだ。さあ、プーボ、空中に浮いてみせろ」

「はい」

と、プーボは答え、胸を大きくふくらませたかと思うと床から浮き上がった。ミノルは目を丸くし、長官に質問した。

「どんなしかけなのですか」

「体内で軽いガスを発生させたのだ。からだが軽いのでそれができる。しかし、丈夫なことや力の強いことは、金属製のよりはるかにまさっている。そのほか、いろいろなことができる。どんなことができるかは、本人から聞いてくれ。いままでのロボットの十台分の働きをするだろう」

「それは大助かりです。さあ、プーボくん、出かけよう」

と、キダが言った。

三人とプーボを乗せた宇宙船ベータ3号は基地を出発し、星々の輝く宇宙の旅をつづけた。ミノルとハルコは、すぐにプーボと仲よしになった。

「プーボくんのすぐれた力を見たいな。ねえ、なにかやってみてよ」

「なにをやりましょうか」

こう話し合っている時、警報のベルが鳴り、宇宙船内の電気がまたたき、光が弱くなった。操縦席でキダが大声をあげた。

「機械のようすが変だ。出発を急いで、点検が不充分だったためかもしれない。大変なことになった……」

修理をするには電源を切らねばならず、そうなると計器も止まってしまう。飛んでいる隕石《いんせき》をよけることができないため、事故が起きやすいのだ。

「それでしたら、わたしにおまかせください」

プーボは機械部分のふたをはずし、なかをのぞきこんでいたが、奥のほうに手を入れて、電線のよじれを簡単になおしてしまった。そして、とくいそうに言った。

「金属製でないため、高圧の電気や強い磁石にさわっても平気なのです。また、指先もしなやかなのです」

「なるほど、そうだね」

みなはほっとし、すっかり感心してしまった。

それから、プーボはミノルとハルコに、宇宙服のとりあつかい方法とか、非常食の食べ方などを教えてくれた。ミノルはふしぎそうに聞いた。

「そんなこと、プーボに不必要な知識だと思うけど、どうして知ってるんだい……」

「あなたがたに教えるためですよ。わたしは学校の先生もできるのです。さあ、よく勉強してください。ここでは、ずる休みはできませんよ」

「わあ、変なことになっちゃったわ……」

ハルコは笑い声をあげた。しかし、ふたりは時間表を作って、プーボにいろいろと教わることにした。ほかにすることもない宇宙船のなかだ。ぼんやりしていてもつまらない。

宇宙の旅がつづいた。ミノルとハルコはときどき、あの水玉もようのついた赤い玉の夢を見た。それは、しだいにはっきりし、基地で見た時のように、ゆがんでいなかった。テリラ星に近づいたため、途中の電波の乱れがなくなったのだろう。

こうして、宇宙船はテリラ星のそばまできた。

キダはみなに言った。

「まず、どこかに着陸し、地上のようすを調べることにしよう」

ベータ3号は注意をしながら高度を下げた。あたたかい星らしく、植物がよく育ち、森が多かった。そのため、着陸の場所をさがすのにひまがかかった。だが、やっと小さな平地をみつけ、そこへ着陸することができた。

「さあ、早く出てみましょうよ」

と、ミノルとハルコが叫んだ。人類がはじめて訪れた星だと思うと、興奮してしまうのだ。

窓から外をながめていると、森のなかから、なにかが立ちのぼった。よく見ると、それはたくさんの鳥だった。黒くて大きくて強そうな鳥だ。それを指さしてプーボが言った。

「外へ出るのはお待ちなさい。あの鳥たちが人間をどう迎えるか、まず、わたしが出て、ためしてみましょう」

そして、宇宙服を着て外へ出た。すると空を飛びまわっていた鳥たちが、いっせいにプーボめがけて襲いかかってきた。

一羽や二羽ははらいのけたが、こうたくさんでは、どうにもならない。プーボは光線銃で十羽ほどうち落としたが、鳥の数は多かった。急降下し、鋭いくちばしで突きたてる。それがくりかえされると宇宙服に穴があき、ぼろぼろになってしまった。プーボは宇宙船に戻って報告した。

「わたしだから、よかったようなものですよ。気ちがいみたいに、むちゃくちゃな鳥が支配している星ですね」

その宇宙服を見て、みなはぞっとした。特殊プラスチック製のプーボだから助かったが、人間だったらやられてしまったところだ。

キダは顔をしかめて、腕を組んだ。

「こんな星に文明があるとは考えられない。なぞの電波を出しているのはどんな相手で、なんのためなんだろう。しかし、こんなありさまでは、調べるのにひと苦労だな」

その時、ハルコが悲鳴をあげた。

「あら、こっちにもむかってくるわ……」

鳥たちは窓のなかに動くものがいるのをみつけたのだ。宇宙船の窓をめがけて、急降下をはじめようとしていた。

夜の森

鳥はものすごい勢いで、宇宙船の窓ガラスにぶつかってきた。激しい音がひびいたが、丈夫なガラスは、割れなかった。

しかし、たえまなく突っつかれていると、そのうち、ひびが入るかもしれない。

「いい気持ちではないな。いちおう飛び立つとするか」

と、操縦席に入りかけるキダに、ハルコが言った。

「そうしたら調査ができないわ。もう少し、ようすを見ましょうよ」

そして、窓のカーテンを引いた。なかの人影が見えなくなったためか、もう鳥たちはぶつかってこなかった。カーテンのすきまからそっとのぞくと、鳥はそのへんを飛びまわり、木になっているヤシの実のようなものを突っつき、なかみを食べていた。くちばしはとても鋭いようだ。

みなは鳥の観察をしたり、着陸前にとった写真をもとに地図を作ったりした。やがて夕方になり、鳥たちは森に帰っていった。

「この星では、夜のほうが安全なようですよ。プーボに見まわってきてもらいましょう」

と、ミノルに言われたプーボは、外へ出て、近くをひとまわりして帰ってきた。そして報告した。

「鳥は眠っているし、ぶっそうな動物はいません。出ても大丈夫です」

キダとミノルとハルコは、それぞれ宇宙服をつけ、光線銃と小型ランプとを持って外へ出た。

空には小さい月が輝いていたが、森に入ると、その光もとどかない。みなはプーボを先頭に、一列になって奥へ進んでいった。とても静かだった。地面にはコケがはえていて、足音も立たないのだ。

木にはツタがからまり、白い花が咲いていた。ハルコはつみとりたかったが、それはやめた。はじめての星では、なにをするにも注意しなければならないのだ。ときどきランプの光にむかって、大きな虫が飛んでくるが、宇宙服を着ていれば心配ない。

みなは、だまって歩きつづけた。

その時、突然「ギャア」という鳴き声がし、ミノルの肩に、なにかが当った。

ランプの光で、ねぼけた鳥が木から落ちてきたのだ。おそろしい鳥に襲いかかられたのかと思い、ミノルは飛び上がって驚いた。

そして、思いきりかけだした。ほかの者が呼び止めるひまもなかった。宇宙船に逃げ帰るつもりだったが、森のなかではよくわからない。とうとう、まいごになってしまった。

ミノルが疲れてすわりこむと、宇宙服についている通信機からキダの声が聞こえてきた。

「ミノルくん、どこにいるんだ……」

ミノルのまわりは限りなくつづく森だけだ。ミノルは心細い声で答えた。

「わかりません。それより、さっきの鳥はどうなりましたか」

「地面に落ちたまま眠っている。あわてることはなかったのだ。ミノルくんは、宇宙船の電波をたよりに戻ってくれ」

みなの腕時計には、特別な針がついている。針はつねに宇宙船の方角をさしていて、それについて進めば帰れるのだ。だが、ミノルは悲しそうに答えた。

「かけだした時、木にぶつけて、それがこわれてしまいました。ぼく、このまま、まいごになってしまうんでしょうか」

するとプーボが言った。

「わたしにはさがせます。いまの場所を動かず、歌を歌って待っていてください。その通信機からの電波をたよりにさがします」

キダとハルコは、プーボのあとについて歩きはじめた。途中、ハルコが小さな川に落ち、プーボに助けてもらったりした。

そのうち、木の根に腰をおろしてしょんぼりしているミノルを、やっとみつけることができた。

「よかったわね。一時はどうなることかと、とても心配だったわ」

と、ハルコはほっとして言った。

キダは時計を見て、あわてて言った。

「思わぬことで、時間がかかってしまった。まもなく夜が明けはじめる。それまでに宇宙船に帰れるかどうか……」

みなは大急ぎで歩いた。地球だと明るい朝になれば、こわい夢は消えてくれる。しかし、ここでは、朝になると、あの、おそるべき鳥たちがあばれはじめるのだ。

空が少し明るくなりかけてきた。プーボはこう言った。

「まにあわないかもしれません。近くに、かくれる場所があるかどうか、さがしてきます」

そして、からだをふくらませ、森の上に浮き上がってあたりを見まわし、戻ってきて報告した。「少し先に丘があり、そこにほら穴があります。そのなかにかくれましょう。さあ、急いでください」

みなはプーボの教えた方角に急いだ。しかし、空はさらに明るくなり、木の上で、はばたきをはじめた鳥もある。みつけられたらおしまいなのだ。ハルコは息をきらせて言った。

「まだなの」

「あと二百メートルぐらいです。ここからも見えるでしょう」

プーボは指さした。まばらになった森の木のむこうに岩の多い丘が見え、そこにほら穴があった。それにむかって足を早めたが、鳥たちは、つぎつぎに目をさました。

穴まであと百メートルぐらいになった時、ついに一羽の鳥が飛びかかってきた。キダは光線銃でうった。みごとに命中したが、その鳥の叫びで、ほかの鳥たちが気づき、つぎつぎに襲いかかってくる。どうしたらいいのだろう。

その時、プーボが言った。

「みなさん、ここはわたしにまかせて、穴までまっしぐらにかけていってください」

どうするつもりなのか、聞くひまはなかった。ミノルと、ハルコをせおったキダは、穴をめざしてかけだした。鳥たちは襲いかかってくる。

プーボは、自分の指を一本はずし、地面にむかって投げた。それは破裂し、黒い煙を出した。煙幕だった。あたりは夕方の暗さになり、鳥はまごついている。そのあいだに、やっと穴にたどりつけた。なかはうす暗く、鳥もそこまでは追ってこない。みなはほっとし、一時に出た疲れのため、眠くなってきた。プーボは言った。

「わたしが見張っています。ゆっくり眠ってください。どうせ夜までは出られません」

　みなは倒れるように横になった。何時間か眠り、起き上がったハルコが言った。

「あたし、また、あの赤い玉の夢を見たわ。すごくはっきりしていたわ」

「うん、ぼくも見たよ」

　と、ミノルもうなずいた。キダは、ほら穴の奥を指さして言った。

「とすると、このほら穴の奥に、なぞがひそんでいるのかもしれないな」

ほら穴での事件

　ほら穴の奥を調べようときまった。プーボが先に立ち、みなはあとにつづいた。まっ暗で、上からぽつぽつと水がたれていた。なにが現われるかと、ランプの光で照らしながら、ゆっくりと進んだ。

　穴はけっこう深かった。しばらくすると、道は二つに分かれていた。みなはひと休みした。

「どっちへ進むの……」

と、ミノルが言った。キダはプーボに言った。

「なにか、もの音は聞こえないか」

「いいえ、静かです。どっちへ行ったらいいのか、わたしにもわかりません」

ハルコは穴の奥に呼びかけた。

「ねえ、だれかいたら出てきてよ……」

しかし、声の反響だけで、答えはなかった。

「しかたがない。まず、右のほうへ進もう」

と、キダが歩きかけると、プーボが言った。

「待ってください。左のほうの奥から、なにか音がしはじめました。なぞがあるとしたら、こっちでしょう」

プーボについて進むと、奥からの変な音は、みなの耳にも聞こえてきた。

うなり声のようだった。そして、想像もしなかったものが、姿を現わした。

みなは思わず足を止めた。青白く光っており、高さは二メートルぐらい。目も鼻も口もないのっぺらぼうだった。手もなく、足のほうはぼやけていた。ときどき、うなり声をあげる。気持ちの悪い叫びだ。それは、少しずつ近よってくる。

「だれだ。なにものだ……」

と、キダが呼びかけたが、もちろん答えない、キダは光線銃をかまえたが、うつのは止めた。危険な敵なのかどうか、まだわからないのだ。

「眠りガス弾を投げてみます。たいていの動物なら、しばらく動けなくなります」

と、プーボが言い、キダがうなずくと、また指を一本はずして投げた。

みなは宇宙服を着ているので大丈夫だ。白い煙がたちこめたが、のっぺらぼうの怪物はひるまなかった。煙のなかを近よってくる。プーボは勢いよく飛びかかった。どんな相手でも、やっつけてしまうはずだった。しかし、

そのままはねかえされてしまったのだ。プーボは、

「弾力がある手ごわい相手です。また、表面はつるつるで、つかまえようがなく、わたしの力は使えません」

怪物は進み、こっちはしりぞいた。キダは決心し、光線銃の引き金をひいた。目もくらむような光が発射され、命中すると高熱でとかしてしまうのだ。

だが、怪物は平気で進んでくる。ガスも高熱もだめなのだ。みなは退却し、穴の出口のそばまできてしまった。しかし、外には逃げられない。おそろしい鳥たちが待ちかまえているのだ。

夢に現われた赤い玉のなぞを追って、ここまできて、こんな目に会うとは、だれも考えてもみなかった。あの夢は、おびきよせて殺すためのワナだったのだろうか。

「どうしましょう……」

と、ハルコが言うと、キダは、みなをはげました。

「がんばれ、なんでもいいから戦うのだ」

キダは、拳銃を出してうった。プーボは煙幕を使った。ミノルとハルコは石を拾って、どんどん投げつけた。穴の外へおし出されたら終りなのだ。

どれくらいの時間がたったろうか。煙が散ったあとに、怪物は立ち止まっていた。もう進んでもこず、声もたてなかった。

ほっとして見つめていると、怪物は皮をぬいだ。かぶっていた外側をはずしたのだ。あまりのことに驚いていると、なかから、また思いがけぬものが現われた。

四本の細長い足があり、その上に直径五十センチぐらいの丸い玉がのっている。そして、それは水玉もようのある赤い玉だった。ミノルとハルコが何度も夢で見たのと同じだった。

プーボが近よって調べ、報告した。

「なにかの装置のようです。足は非常に弾力のある金属製です。かぶっていたものは、成分はわかりませんが、とてもなめらかです。すそのほうが黒いので、おばけとまちがえてしまいました。こうと知ったら、別なやり方でやっつければよかった」

物体は、おとなしくなっていた。それどころか、穴の奥へと戻りはじめたのだ。その動きには、あとへついてきなさい、という感じがあった。みなはあとにつづいた。ここまできて、おじけづいてはいられない。赤い玉は四本の細い足で進み、やがて止まった。

そこには、四角の細長い箱が置いてあった。なにが入っているのだろう。ガラスのはまった小さな窓があり、キダはなにげなくのぞいて「あっ」と声をあげた。ミノルとハルコものぞいてみた。

なかには人が横たわっており、身動きもしない。地球人に似ているが、そうではなかった。皮膚の色がみどりがかっており、かみの毛はピンクだった。

「死んでいるのでしょうか……」

「わからない」

話し合っているのにおかまいなく、赤い玉は足の一本を使い、箱の横についている、いくつものボタンを押した。

しばらくすると、なかの人は目を開き、動きはじめ、内側から箱をあけて出てきた。銀色のマントを着ていた。そして、なにか言った。だが、みなは驚きで声も出なかった。

相手はうなずいて、箱の中からメダルぐらいの大きさのものを出し、自分のひたいにはりつけた。

とたんに、みなにひとつの声が伝わってきた。

「わたしはオロ星人で、デギという名です。ある任務をおびて宇宙を旅行中、ここに不時着しました。やむをえず、冬眠状態になり、救援を待つことにしたのです。なによりもまず、この赤い玉がなにかをお知りになりたいようですね。これはわたしの番をし、救助信号の電波を出しつづける装置なのです。また、文明を持った生物がやってきたら、わたしを冬眠からめざめさせてくれるのです……」

ミノルとハルコは顔を見合わせた。あの夢は、この装置の出す電波のせいで、助けを求める意味の信号だったのか。それがやっとわかったのだ。しかし、われわれが文明の持ち主だと、どうしてわかったのだろう。それに答えるように、相手が言った。

「文明の持ち主は、いろいろな攻撃方法を持っています。つづけて四種類以上の攻撃をこの玉に加えると、戻ってきてわたしを起こすのです……」

変な装置だな、とミノルは思った。眠りガス弾、光線銃、拳銃、それに石で、四種類になる。しかし、やはり最後までがんばってみてよかったようだ。石を投げたのがきいたことになるんだもの。

オロ星人のデギは、身をのり出して言った。

「玉のことはこれくらいにして、わたしのことをお話しましょう」

オロ星の悲劇

キダは腕時計をのぞいて、オロ星人のデギに言った。

「こんな穴のなかでは、落ちついて話もできません。わたしたちの宇宙船においでください。外は夜で、あのぶっそうな鳥も眠った時間です」

「そうですね」

と、デギは冬眠箱の番を赤い玉にまかせ、みなといっしょに宇宙船に来た。そして、プーボの作った食事を食べ、あたりを見まわしながら言った。

「なかなかりっぱな宇宙船ですね。どこの星からいらっしゃったのですか……」

キダはあらましを説明した。自分たちは地球という星のもので、科学を高めて宇宙へ進出し、近くの星々に基地を作るまでに発展したことなどを話してから、

「……それよりも、オロ星の話を早く知りたいものです。さぞ文明が進んでいることでしょう。その、ひたいにつけるだけで、言葉が通じるようになる装置など、すばらしいではありませんか」

「あるいは、少しは進んでいる点があるかもしれません。しかし、いまや文明どころではない。大変なことになりかけているのです。思いがけない不幸に襲われたのです」

「いったい、なにが起こったのですか」

と、ミノルとハルコは身をのり出した。

デギの話によると、こうであった。

オロ星も地球と似たような歴史をたどってきた。星の上でおたがいどうし争った時代もあったが、それを止め、力を合わせて宇宙へと進出しはじめたのだ。

オロ星人たちは、近くの星々に基地を作り、役に立つ鉱物など、多くのものを発見した。すべては順調に進んでいた。

また、珍しい植物もいくつか採集してきた。オロ星の学者のなかに、ちがった星々から集めた植物をかけあわせ、新しい品種を作る研究にとりかかった人があった。

　学問的に面白い研究であり、それはついに成功した。しかし、とんでもない植物ができてしまったのだ。役に立たない雑草といった簡単なものではない。あらゆる植物の悪い点ばかりを、すべてそなえた植物なのだ。見たところは大きなツタのようで、どんどん育ってのびていく。途中で、ちょん切っても、切られた部分が根をおろし、そのまま育つのだ。

　大きな葉はネバネバした液を出していて、近よる動物をくっつけ、食べてしまう。花は変なにおいを出し、それを吸うと頭がぼんやりしてしまう。茎にはとげがあり、それで刺されると、毒のために死んでしまう。つるに巻きつかれてしめつけられると、丈夫なビルでさえこわされてしまう。なにしろ、大変な植物だった。

　研究所は、たちまち破壊されてしまった。植物は育ちつづけ、広がり、近くの農作物も家畜もやられていった。人びとは、町を捨てて逃げなければならなかった。このままだと、オロ星はこの植物に占領され、あらゆる生物がほろんでしまうことになる。

もちろん、オロ星の人たちも、ぼんやりしてはいなかった。いろいろな方法で、この植物をやっつけようとした。しかし、高熱の火で焼きはらっても、地下に根が残っていて、ふたたびはえてくる。

そのうち、想像していた以上におそろしい相手であることがわかってきた。その植物には知能があるらしいのだ。

はじめのうちは火で焼きはらうことができたが、やがて、それがきかなくなった。おそらく、根で地中から金属成分をからだにとりいれ、高熱にたえられるような、茎や葉になってしまったのだろう。

強い電波をあてると、植物は弱まり、枯れていった。しかし、まもなくそれもきかなくなり、植物は勢いをとり戻して、生長しつづけるのだ。

手のつけようがなく、とても防ぎきれない。ききめのある武器を作っても、植物はすぐそれにたえる性質に変化してしまうからだ。悪い心と、ずるい頭と、すごい力とを持った強敵なのだ。

しばらくすると、もっとひどいことになった。植物は、熱にも薬品にもおかされない種子を作り、タンポポのようなフワフワしたものをくっつけ、風にのせて飛ばしはじめたのだ。これでふえようというのだ。

オロ星の人びとは必死に戦ったが、勝ちめはなく、徐々に滅亡にむかっている。

オロ星人たちは相談し、大急ぎで海底に都市を作り、そこに逃げこんだ。しかし、その内部で、みなが生活できるような、大きな海底都市が、そうすぐに完成するわけがない。なかで冬眠状態になるのがやっとだった。

そして、一部の学者たちは、オロ星の月の基地へ移住した。そこで植物を退治する方法を研究しようというのだった。

海底都市には、警戒のため、冬眠していない係員が残っており、月の基地とは、無電で、連絡しあっている。

〈こちらは海底都市。植物を退治する研究の進みぐあいはどうですか〉

一日に一回は、このような通信が月へと送られてくる。しかし、月からの返事は悲しい文句なのだ。

〈まだ成功していない。みないっしょうけんめいに、やってはいるのだが……〉

〈早くお願いします。このままだと、オロ星人のすべては、永久に冬眠しつづけなければなりません〉

海底都市からはせかされるが、月での研究ははかどらず、植物はオロ星の地上をおおう一方だった。

そこで、月の基地の学者たちの何人かは、宇宙船に乗って、思い思いの方角にむけて、宇宙へと出発していった。文明の進んだ星の住民をさがし、その助けをかりようというのだ。

デギはこれらのことを、小型の映写機でうつして見せながら説明した。そして言った。

「というわけです。わたしはそのひとりで、宇宙を飛びつづけました。しかし、宇宙船が事故を起こし、この星に不時着してしまったのです」

キダはうなずいて言った。

「そうでしたか。それは大変なことですね。お気の毒なことが、よくわかりました」

「しかし、ほっとしました。地球人のみなさんと、こうして知りあいになれたのですから、ぜひ、わたしたちオロ星のために力をかしてください」

デギはうれしそうだった。しかし、ミノルもハルコも顔を見合わせた。とてもおそろしい植物のようだ。キダは言った。

「お役に立つことがあれば、もちろんお手伝いします。しかし、わたしたち地球人に、どんなことができるか、ちょっと自信がありません」

おそるべき植物

キダはベータ星の基地と無電で連絡し、いままでのことを報告した。な

その電波はオロ星人のデギの救助信号であったこと、そのオロ星では、大変な事件が起こっていることを話してから、

「どうしましょう、なんとかしてあげたいものですが……」

と、聞いた。基地の長官は命令した。

「気の毒なことだが、どうしていいのか見当もつかない。そのオロ星へ行って、くわしく調べてみてくれ」

「はい、そうします」

みなは夜になるのを待ち、不時着したデギの宇宙船を見にいった。近くの谷間にあった。故障していて飛べないが、小型で、なかなかよくできていた。ミノルとハルコは、なかに入り、デギにいろいろと質問した。

「これはなんなの……」

「頭で考えたことが、すぐ文字となって記録される装置です」

「では、これは……」

「髪の毛をかってくれる装置です。こっちのは、水を使わずに、からだを

きれいにする空気シャワーです」

「すごいな……」

と、みなが感心するなかで、プーボはつまらなそうに言った。

「便利な装置がたくさんできると、わたしなど、いらなくなってしまいますね」

それをデギがなぐさめた。

「そんなことはありません。このなかの必要なものを、あなた方の宇宙船に運ばなければならないのですよ」

「わたしにおまかせください」

プーボの働きで、その仕事はすぐにすんだ。プーボはそのほか、標本用にと、この星の鳥の卵を六つほど集めてきて積みこんだ。そして、宇宙船は出発した。

オロ星をめざす宇宙船のなかで、ミノルもハルコも、デギにいろいろなことを聞いた。デギは答えてくれたが、心配そうな顔つきをつづけていた。

自分たちの星の運命が気になってならないのだろう。

そのうち、デギは操縦席のキダに言った。

「針路を少し右にとってください」

「なぜですか。それだと、遠まわりになってしまうでしょう」

「行きに遠くから観察しただけですが、よさそうな星があったのです。それをたしかめておきたいのです」

「そうですか。いいですとも」

宇宙船はその星をめざし、やがて近づいた。キダは上空からながめて言った。

「変な星ですね。海もあり、川も流れている。スペクトルで調べると酸素もある。それなのに、草一つなく、生物はまったくいないようです。荒れはてて、さびしい景色です。なんで、こんな星に興味があるのですか……」

「もし、わたしたちがあのおそるべき植物に勝てなければ、どこかに移住しなければなりません。その場合を考えたのです。移住は大事業ですが、生きのびるためには、いざとなればしかたありません」

星の住民の全部が引っ越しをするのだ。そして、ここに第二のオロ星を作りあげる。さぞ、大変だろうな、とキダは思いながら言った。

「着陸してよく調べましょうか」

「いや、それより早く行きましょう。水と酸素のある星とわかればいいのです」

と、デギは答えた。

宇宙船はオロ星へと針路を変えた。

宇宙船は飛びつづけ、オロ星の月へと着陸した。空気はなく、岩ばかりだ。ドーム状の建物がいくつも並び、なかではオロ星の人々が、いそがしそうに働いている。

ドームから迎えに出てきた人にデギが言った。

「植物を退治する方法が見つかったか……」

「それが、まだなのだ。植物はふえつづけている。しかし、デギが協力者を連れて帰ってきてくれたので、ほっとしたよ」

デギは地球人と会ったいきさつを話し、みなを紹介した。キダはあいさつした。

「できるだけの協力はしますが、あまり期待されても困ります」

みなは、ドームのなかに入った。月の基地の人たちは、喜んで迎えてくれた。しかし、歓迎会などしているひまはない。だれも植物との戦いが第一なのだ。

基地には、オロ星にむけられた大きな望遠鏡がある。みなはそれをのぞいてみた。地上には、デギの話のとおりの、おそるべき光景があった。むらさき色の葉をした植物が、各地にひろがっている。町にはだれも住んでいない。とがった塔や、丸い屋根や、美しい道路を持った町も、植物に侵入されてしまったのだ。

くだものの林は枯れ、畑にはなにも育っていない。かつて牧場だったらしい場所には、植物にやられた動物の骨が散らばっている。

川にかけられた橋にも、植物がからみついていた。それだけでなく、たくさんのつるが引っぱっているらしく、丈夫そうな橋がゆれていた。つるは鋼鉄のように強いらしい。

見つめていると、ついに橋はこわれ、水の中に沈んでいった。ミノルはデギに言った。

「あの植物は、なぜ橋をこわしたりするのでしょう?」

「どうやら、オロ星を自分だけのものにしたいらしいのです。つまり、自分以外のものは、すべて敵というわけなのでしょう。だから、おそろしいのです」

そばにいた基地の人が、説明を加えた。

「じつは、少し前に総攻撃をやってみたのです。ナイフ弾ともいうべきものを作り、たくさん発射しました。刃のついたままで、植物をずたずたにしようとしたのです」

「戦果はどうでしたか……」

「植物は弱りかけたが、すぐに勢いをとり戻しました。それどころか、ナイフと同じ成分、つまり鉄の製品に対して、あのように怒ってあばれるようになりました」

望遠鏡で別な場所をながめると、そこでは高いアンテナが引き倒されていた。この調子だと、コンクリート製の弾丸で攻撃すると、ビルをこわしはじめるかもしれない。

デギはなかまに聞いた。

「ほかの星々へむかった連中から、いいしらせはないのですか」

「あまり、たいしたことはありません。文明の低い星では、おたがいどうし戦っていて、協力してくれません。文明の高い星の住民には、芸術が好きで気が弱いのが多いようです」

「つまり、だめなのですか」

「いえ、スロンという星にむかった者は、そこで冷凍砲をかりるのに成功したようです。まもなくとどくはずです」

ミノルとハルコは言った。

「それで退治できればいいですね」

オロ星の海の底では、住民たちが眠っているのだ。早く地上に出してあげたい。

一つの作戦

オロ星の月の基地では、地上にはびこりつづける、おそろしい植物をながめ、だれもが困りきっていた。キダやミノルたちも、どう手伝ったものか、いい考えが浮かばない。ただ、気の毒がったり、はげましたりするだけだった。

しかし、そのうち、スロン星へ行った宇宙船が戻ってきた。冷凍砲をかりてきたのだ。基地のなかは、急に元気づいた。帰ってきた人びとは報告した。

「スロン星ではとても同情され、たくさんの冷凍砲をかしてもらった。これは冷凍光線を出し、それが当ると、すべてのものは凍りついてしまう。ここで実験してみよう」

長さ二メートル、直径二十センチほどの筒状のものだった。それを見てハルコは、天体望遠鏡のようね、と思った。

こみいったしかけなのだろうが、使い方はやさしかった。引き金を引くと青白い光がほとばしり、命中すると、なんでも凍りついた。ながめていたひとりが言った。

「すごいものだな。これで植物を凍らせれば、生長が止まるにちがいない。しかし、いつまでも凍ったままではいないだろう。やがてはとけ、またあばれだすのではないかな」

「いや、そのための準備はあるのだ。このプラスチックの液ももらってきた。凍らせてから、これをかけるのだ」

そのプラスチックは熱をまったく伝えない性質を持っており、これをすぐ吹きつけてつつんでしまえば、ずっと凍ったままになるというのだった。

「なるほど、それならうまくいくかもしれない。さっそく攻撃にかかろう」

ようすがわかり、キダは申し出た。

「わたしたちの宇宙船にも、それを一台積んでください。攻撃に協力します」

「それはありがたい。お願いします」

それから、オロ星の地図をかこんで、作戦がねられた。キダの宇宙船には、デギがいっしょに乗ることになった。

オロ星人の宇宙船は、何台も月の基地を飛び立ち、地上へとむかった。冷凍砲での攻撃が、開始された。

キダは、宇宙船を操縦し、地面近くをゆっくり飛ばせた。いやな、むらさき色をした大きな葉の植物が、敵意をひめて、ゆっくりと動いている。つるに巻きつかれたら、たちまち、こわされてしまうのだ。

宇宙船から、デギが冷凍砲をうった。植物はたちまち動かなくなる。つぎに、プーボがプラスチック液を吹きつける。ミノルとハルコも熱心に手伝った。

作業は順調に進んだ。地上の植物は、みるみるうちに造花のようになってしまった。

「おりてみましょうよ」

と、ハルコが言い、キダは宇宙船を着陸させた。あたりは、奇妙な光景だった。だれもいないビルやこわれた橋に、動きを止めた植物が巻きついている。それらの表面は、吹きつけられたプラスチックのため、キラキラした感じになっていた。

静かななかで、ときどき、ポキポキいうするどい音がひびいた。凍ったために弾力がなくなり、植物のつるが折れる音だった。

その時、ミノルが悲鳴をあげた。

「助けて……」

みながあわててふりむくと、建物のなかから植物がのびて、ネバネバした葉でミノルをつかまえた。建物のなかまで、冷凍光線がとどかなかったのだ。

デギは急いで冷凍砲をむけた。だがへたに発射すると、ミノルも、凍ってしまう。注意してねらい、植物を凍らせて動かなくした。

しかし、葉にくっついたミノルは、なかなかはなれない。ついに服をぬいで、やっと逃げだすことができた。それから、みなは建物のなかをよくさがし、植物を凍らせる作業をつづけた。

オロ星人たちも、それぞれ作業をすませ、月の基地へと戻ってきた。

「なんとか一段落したようだな。植物があばれなくなった」

「これで、ひと息つける。つぎは、あれをどうするかだ。利用価値のない氷の星へでも運び、捨てることにでもするか」

しかし、何日かすると、そう簡単にはいかないことがわかってきた。望遠鏡でながめると、地上では植物が息をふきかえし、また動きはじめたらしい。たしかめに行った者の報告で、それははっきりした。凍って折れた部分から、芽を出しはじめたのだ。その部分にはプラスチック液がついていなかったためだ。

しかも、こうして生長をはじめた植物には、もう冷凍砲のききめがなかった。冷凍光線を反射してしまう表面を持っていたのだ。植物は、またも地上にはびこってきた。

「作戦は失敗だった……」

「まったく残念だ」

だれもがため息をついた。以前よりも、しまつにおえない性質を持った植物になったのだ。植物はプラスチックを敵の一味とさとったらしく、プラスチック製の建物をこわしはじめた。

「こうなると、わたしも安心できなくなりました」

と、プーボが言った。プーボはプラスチック製のロボットなのだ。

勢いをもりかえした植物は、そのうち、実《み》のようなものを作りはじめた。細長い形で、豆のさやを大きくしたような感じだった。それをつるの弾力を利用して、空へ投げ上げる。

ある高さになると、それはうしろからガスを吹き出す。そのため、けっこう高く上がるのだった。そして、地上に落下する。これを月の基地から望遠鏡でながめたひとりが言った。

「ふしぎなことがはじまった。なんのために、あんなことを、やっているのだろう。遊んでいるのだろうか……」

「いや、遊びをやるような、のんびりした植物ではない。きっと、なにか目的があるはずだ。どんな目的かはわからないが」

デギもそれを見ていたが、やがて、心配そうに言いかけて、途中でやめた。

「もしかすると、まさか……」

キダが聞き、気にしながら言った。

「なにを考えついたのですか」

「植物が投げ上げているもののなかにはタネが入っているのではないかと

思ったのです。あの植物は、このオロ星を支配するだけでは満足しなくなったのかもしれません」

「しかし、そう簡単には成功しないでしょう」

「いや、あの植物のことだ。いつかはタネを宇宙に送りだすのに成功するでしょう。すでに、熱にも低温にもたえる性質を持っています。宇宙を流れ、やがては、ほかの星々にまでひろがることにならないともかぎりません」

「そうなったら、いつかは地球も……」

ミノルとハルコは青くなった。そうなったら、大変なことだ。

砂の星

オロ星の怪植物は、豆のさやのようなものを空へ投げ上げつづけている。

そのひとつを、宇宙船が採集して戻ってきた。調べてみると心配していたとおり、やはり種子だった。その飛び方は、少しずつだが、しだいに高くなっていくようだ。

オロ星人たちは、困りきった顔で話し合った。

「このままだと、やがては大気の外へも飛び出し、宇宙を流れはじめるだろう」

「そして、ほかの星までだめにしてしまうのだ。それを見ながら、なんの手も打てない。くやしくてならないな」

植物退治の研究のほかに、宇宙へ流れ出るのを防ぐ研究もしなければならなくなった。だが、いずれもまだ名案が立っていない。

そばで聞いていたハルコが、突然言った。

「そうだわ、あれを使えばいいかもしれないわ……」

テリラ星のことを思い出したのだ。あそこでは大きな鳥が、かたい木の実を、飛びながらくちばしで突ついていた。それを利用したらどうだろう。

プーボも口を出した。

「その卵をいくつか持ってきています。かえしてみましょうか」

その案は実行に移された。オロ星人は卵を早くかえす装置、鳥を早く育てる薬品などを持っていた。そのため、すぐに大きくなった。また、育てながら、命令どおりにやるよう訓練をした。

やってみると、鳥たちはよく働いてくれた。空を舞いつづけていて、植物が種子を投げ上げると、飛びかかって、くちばしでうち落とすのだ。

夜になると、鳥たちは、海の船へ戻ってくるよう訓練されている。陸上で眠ると、植物にやられてしまうおそれがあるからだ。

「あのおそろしい鳥も、訓練によっては、ずいぶん役に立つものね」

と、ハルコは感心した。鳥の数をふやせば、種子が宇宙へ飛び出すのを、いちおうは防げそうだった。

そのため、キダやミノルたちは、テリラ星へ卵を集めに行くという仕事を引き受けることにした。

宇宙船には、こんどもデギが同乗することになった。途中にあった荒れはてた星を、もっとよく調べるためだった。万一の場合には、オロ星の人びとは、そこへ逃げなければならないのだ。

宇宙船は、オロ星の月の基地を出発し、まず荒れはてた星に立ち寄った。空気も水もありながら、生物がなにひとついない星というものは、なんとなく変な気持ちだ。きみが悪い。

みなは宇宙服を着て外へ出た。砂原だけが、はてしなくひろがっている。歩きはじめてしばらくすると、ミノルが叫んだ。

「なんでしょう。あのへんでキラリと光ったものがあった」

その方角に歩き、近よって拾い上げてみると、それは金貨だった。わけのわからない文字と、もようとがしるされてある。

みなはふしぎがった。地球のものでも、オロ星のものでもないのだ。この砂だけの星の上に、なぜ金貨が落ちているのだろう。別な宇宙人のものなのだろうか。

そのうち、金貨をながめていたプーボは、もようが、この星の陸地の形に似ているようだと言った。

「となると、この星で作られた金貨ということになる。しかし、どう見ても、文明はおろか、生物ひとつない星だが……」

と、デギが首をかしげると、キダは言った。

「あるいは、大むかしに、なにかが起こって、ほろびたのかもしれない。もっとくわしく調べてみることにしよう」

みなは注意ぶかく歩きまわった。そして、遺跡を発見することができた。石でできた大きな建物だが、風に運ばれた砂で、大部分がうずまっていた。なにげなく見ていたら、気がつかなかったかもしれない。

そのようすから、地球でいえばエジプト時代ていどの文明が、この星にかつて存在したらしいと思われた。

「それが、どうしてほろんじゃったのかしら。原爆戦をやったとは考えられないし、悪い病気でも、植物まで死ぬはずはないし……」

と、ハルコが言った。キダは入り口をみつけて、建物のなかに入り、その内側の壁を見て、みなを呼んだ。

「その手がかりになりそうなものがあるぞ。ここに絵が描《か》いてある……」

なかは静かで暗かった。だが、ライトをあて、その絵を、順を追って見ると、おおよそこんなことがわかった。むかし、この星に大変な害虫が発生したのだ。

カブトムシのような形だった。それがたくさんふえ、あらゆる植物を食い荒らしはじめたのだ。それと戦い、なんとかして防ごうとするが、虫のほうが強力だ。動物も死に、住民たちは食べ物がなくなり、しだいにほろんでいった。

この絵は、なんのために描かれたのだろう。

いつの日か訪れる、ほかの星の人への注意のためなのだろうか。ただ、悲しい最後を描いておきたかっただけのことなのだろうか。それは知りようがなかった。

虫は陸上ばかりでなく、ついには水中の海草までも食いつくし、このような、動くもの一つない星にしてしまったのだろう。

「かわいそうな事件ね。宇宙では、いろいろな悲しいことが起こっているのね」

と、ハルコが涙ぐんで言った。しかし、デギは、まったく別な言葉を口にした。

「わたしはその害虫を、なんとかして手に入れたい。あらゆる植物を食いつくし、このような砂だけの星に変えてしまった、すごい虫です。これなら、オロ星の怪植物をやっつけてくれるのではないかと思えるのです。わたしはこの星で、それをさがしたい」

「テリラ星で鳥の卵を集める仕事のほうは、簡単なことですから、わたしたちだけでやってもいいですよ」

「お願いします。そのあいだに、わたしはその虫の卵をみつけます。寒い地方の海岸の砂のなかあたりに、きっと残っているでしょう」

「では、食料品や必要な物を残していきましょう。ご成功を祈ります」

と、キダは言い、デギに別れをつげ、宇宙船を出発させた。

テリラ星で鳥の卵をたくさん集め、帰りに砂の星に寄ると、デギは大喜びしていた。

そして、持っていたびんのなかの白い粒を見せた。

「とうとうみつけましたよ。これがそうです。たくさんあるでしょう。これをふやして使えば、さすがの怪植物も全滅してしまうでしょう」

「よかったですね、でも……」

と、ミノルは言った。

「植物をやっつけたはいいが、つぎには、手のつけようのない虫に、悩まされることになるんじゃないでしょうか」

虫を調べる

砂の星でデギがみつけた虫の卵。それをながめて、キダやミノルやハルコは話し合った。

「ほんとうにすごい虫で、オロ星の植物よりも強いのだろうか……」

「そうだとしても、へたに使ったら、ここのように、砂だけの死の星にされてしまうかもしれないな」

しかし、いくら話してみてもわからないことだ。ひとまず、オロ星の月の基地へ帰ることにした。

出発の前に、みんなは宇宙船をよく洗った。卵をくっつけて持ち帰り、大さわぎのもとになったら困るからだ。月の基地では、人びとが待ちかねていた。植物が空に投げ上げる種子の数が、だんだん多くなってきている。うち落とすための鳥も、ふやさなければならないのだ。

だから、運んできた鳥の卵は、すぐにそのために使われた。宇宙へ進出しようとする植物と、あくまで防ごうとするオロ星人との戦いだ。それは休むことなくつづいている。

だが、このままでは、そのうち突破されてしまうことだろう。早いところ、植物を退治する方法をみつけなければならない。

会議が開かれた。そして、虫の性質をよく調べるため、砂の星に研究所を作るという方針がきまった。また、キダやミノルたちが、その仕事を引き受けることになった。

砂の星に小さな家が建てられた。みなはそこに住み、まわりにオロ星から運んできた、いろいろな植物の種子をまいた。

しかし、怪植物の種子は持ってこなかった。虫との力くらべをやらせてみたいのだが、ここでふえはじめたら、手のつけようがなくなるからだ。

いっぽう、虫の卵をかえしてみた。虫の力は考えていた以上にすごいものだった。大きなカブトムシのような形で、たちまちのうちに植物を食いつくしてしまう。

ある夜、寝ていたハルコはゴソゴソという音で目をさました。それから、あたりを見て大声をあげた。

「あら、大変よ。虫が入ってくるわ……」

戸のすきまから、つぎつぎに虫が入ってくる。わずかな時間で、たくさんにふえたらしい。

キダも叫んだ。

「あ、食べ物がやられている」

虫たちは、パンの粉や、ほしブドウなど、植物からとれた品をねらってやってきたのだ。さらに、紙でできたものまで食われかけていた。

人間は襲わないようだが、飛びつかれると、いい気持ちではない。ミノルは、そばにあった殺虫剤をまいてみたが、なんのききめもなかった。

プーボは、虫をつかんで外へ捨てようと、窓をあけた。そのとたん、かえって多くの虫が入ってきてしまった。みなは家から逃げだし、宇宙船へと避難した。

つぎの日に行ってみると、家の中はさんざんに荒らされていた。もめんのシーツまで、あとかたもなく食べられてしまっていた。この星のむかしの住民たちは、こうして生活ができなくなり、うえ死にしていったのだろう。

しかし宇宙船のなかには栄養剤が残っていたので、みなの食事は、なんとかなった。

「これからは毎日、栄養剤だけを食べることになるわけか。つまらないな」

と、ミノルがこぼした。

虫の強さと、ふえかたの早さとはよくわかった。つぎに知りたいのは、退治法だ、キダは、いろいろな殺虫剤を使ってみたが、どれもだめだった。もっとも、絶対に死なないわけではない。寿命がくれば死ぬし、食べる植物がなくなれば死ぬ。しかし、あとにはたくさんの卵が残り、いつふえはじめるのかわからないのだ。

虫の卵は丈夫で、薬でも、熱でも、電波でも死なないのだった。虫が怪植物をやっつける力を持っていたとしても、これでは困る。キダは、虫の力だけを利用する方法はないかと、その研究をつづけた。

虫の口から出る液体を集め、それを植物にふりかける実験もやってみた。

しかし、すぐ使わないときききめがなかった。ここからオロ星に運んでいくうちに、役に立たないものになってしまう。虫に放射線を当てたら性質が変るのではないかと思い、それもやってみた。しかし、虫は放射線を受けつけなかった。

なにも成果があがらず、むだに何日かがすぎていった。

そのうち、デギが宇宙船でやってきて言った。

「虫の研究はどうですか」

「それが、じつは、あまり進んでいないのです……」

と、キダがいままでのことを説明した。ミノルはオロ星の植物のことを聞いた。

「怪植物のほうはどうですか」

「空へうちあげるタネの数が、ますますふえてきました。鳥の力ではまにあわない。前よりもずっと高く飛ぶようになり、大気の外へ出るのまで現われた……」

と、デギは、ため息をついた。

「いまのところは宇宙船が見張り、小型ミサイルをぶつけてうち落としていますが、月の基地で作るミサイルより、タネのふえかたのほうが、ずっと早い」

「とすると、やがては突破されてしまうでしょうね」

「そうなのです。こうなったら虫を使う以外にないと、みなの意見がまとまりました。きょうは、それを伝えにきたのです」

「しかし、もう少し研究してからのほうがいいでしょう。この虫が怪植物に勝てたとしても、あとが大変ですよ。この星のように、砂だけになり、永久に植物が育たない。植物をうえても、すぐに卵がかえって、虫が食べてしまうからです」

と、キダが注意したが、デギははっきり言った。

「そのことも、みなは覚悟しています。いまは怪植物が問題なのです。このままだと、宇宙ぜんたいが迷惑します。しかし、虫のことはオロ星だけの問題ですみます」

オロ星の人たちは、ほかの星々のこともよく考えて、こう決心をしたのだった。

鳥の支配するテリラ星へでも、長い年月をかけて移住すれば、なんとか生きのびることもできる。そのため、早く虫をふやして運んできてもらいたいというのだ。

「しかし、そうはいっても……」

と、キダはどうしたものかと迷った。いまが重大な場合なのだ。

みなはデギも加えて、虫の力だけを利用し、あとに問題を残さないうまい方法はないかと考えた。時間をかけて研究すればできることかもしれない。だが、急がなければならないのだ。

みなが、だまったまま顔を見合わせているとき、突然、プーボが言いだした。

「ひとつ名案を思いつきましたよ……」

作戦開始

「いったい、名案て、どんなことだい。これだけ考えて、まだみつからないんだよ」

と、みなは驚いたような声で、いっせいに聞いた。プーボはもったいぶって答えた。

「つまりです、虫を働かせて、あとに面倒な問題を残さないようにすればいいわけでしょう」

「そうだよ、それを知りたいんだ。早く教えてくれよ」

「こうすればどうでしょう。虫の雄《おす》だけを選びだして、それを使うのです。雄は卵を産みません。だから、しばらくすると寿命がつきて死んでしまいます」

「ほんとだ……」

ミノルもハルコも感心した。こんなことになぜ気がつかなかったのだろうと、ちょっとくやしかった。キダはうなずきながら言った。

「うん、たしかにいい方法だ。しかし、それにはここで虫をふやし、雄だけを選んで運ぶという仕事をしなければならない。その時間が残されているかどうかだ……」

「基地へ連絡してみます」

と、デギが言い、オロ星の月の基地と、無電で話し、いまの考えを報告した。

返事はこうだった。ぜひその作戦を進めたい。基地で手のすいている人員や、あまっている資財は、すべてそちらに送る。全力をあげてその計画にとりくむように。

怪植物の種子は、宇宙をめざして飛び出そうとしつづけているが、あとしばらくは、なんとか食いとめることができるだろうとのことだった。

基地からの返事につづき、何台もの宇宙船が、砂の星へ到着した。力を合わせ、大急ぎで虫をふやそうというのだ。

ふやすのは簡単だった。植物性のものを与えさえすればいい。虫たちはそれを食べながら、どんどんふえてゆく。

この星のむかしの住民たちは、なんとかして虫をへらそうと苦心し、それができずにほろんでいった。しかし、いまはその反対のことをやっているのだ。そう考えると、なんだか、妙な気分だった。

虫は、たちまち数えきれぬほどになり、重なりあってあたりをはいまわっている。それをながめて、ハルコはミノルに言った。

「かわいいところがなく、美しい声も出さず、気持ちが悪いわね」

「だけど、そんなことを気にしている場合じゃないよ」

面倒なのは、雄を選ぶ仕事だった。たとえ一匹でも、雌《めす》がまざっていてはいけないのだ。雌がまぎれこんだら、オロ星は永久に、ここと同じく砂だけの星になってしまう。

しかし、そのうちに、昆虫学者と機械技師との協力で、雄と雌とをよりわける装置が作られた。おかげで、そのスピードは早くなった。

えさのつづくかぎり虫をふやそうと、みなは、その作業に熱中した。

いっぽう、オロ星の月の基地では、別な用意が進められていた。虫が怪植物に勝ってくれた場合でも、オロ星の地上は一回は丸坊主になってしまう。すべての植物が、食べつくされるおそれがあるのだ。

あとでまた植物をふやすために、種子を集めて、とっておかなくてはならない。また役に立つ動物や虫も、安全なところで冬眠させておかなくてはならない。

人びとはまだ怪植物にやられていない地方に着陸し、その作業を進めた。なかには、こんなことを話し合っていた者もあった。

「地球人のキダから聞いたのだが、地球にはノアの箱船という伝説があるそうだ。大水で世界がめちゃめちゃになるが、船に乗せておいた動物たちが生き残り、人間とともに、ふたたび新しい時代が栄えたという物語だよ」

「いまの仕事もそれと似ているな。害虫だの雑草は、ちょうどいいから、ほっぽっとくとするかな」

実行の時は迫ってきた。

砂の星では、虫がずいぶんふえた。もっとふやしたいのだが、ぐずぐずしてはいられない。宇宙へ飛び出そうとする怪植物の種子が、さらに数をましたのだ。もう、これ以上は待てなくなった。

雄の虫だけを積みこんだ宇宙船が、つぎつぎと出発した。これが成功するかどうかにオロ星の運命がかかっているのだ。いや、宇宙の運命がかかっているともいえる。

先頭の宇宙船には、キダやミノルたちが乗っていた。やりそこなったら、いずれは地球も怪植物にやられるのかと思うと、心配で落ちつかなかった。

宇宙船はオロ星の陸の上を低く飛び、虫をばらまいた。虫は大粒の雨のように散り、勢いよく植物に飛びつき、手あたりしだいに食べはじめた。なにも残らない、砂だけの地面がふえてゆく。

虫のなかには、問題の怪植物に飛びついたのもあるはずだ。さあ、どうなるだろう。

キダやミノル、ハルコ、プーボは宇宙船からヘリコプターに乗りかえ、それを調べるために、地上へさらに近づいた。

なかから望遠鏡で見つめた。だが、怪植物は、ほかの草や木のように、あっさりとは食べられてしまわない。

虫のほうも手ごわい相手だと気がついたようだ。なかまと連絡しあったらしく、どの虫も怪植物めがけて集まった。この強敵をやっつけておかないと、あとがうるさいと感じたのだろう。

月の基地からは、いらいらしたような声で、ヘリコプターに無電で聞いてきた。

「どうだ、ようすは……」

「まだわかりません。なにしろ、いままで無敵だった植物と、どんな植物も食べつくしてきた虫との戦いなのですから」

「虫は勝ちそうか」

「虫は力を合わせて、怪植物にむかっています。植物も苦しいようです。タネを作って宇宙へ投げ上げるどころではないようです……」

キダはいちいち報告した。月の基地では、だれもが成功を祈りながら聞いていることだろう。基地からは、また質問してきた。

「飛び出してくるタネは、めっきり少なくなった。地上ではうまくいっているのか」

「いや、なんともいえません。植物のほうは、虫を退治しようと、ネバネバした液を出しはじめました。それがくっつくと、虫の動きが弱まるようです」

「はっきりいって、どうなりそうだ」

「わかりません。虫のほうも、同じように液体を口から出しています。植物の液の作用を、やわらげるためのようです。しかし、正直なところ、虫のほうが、少し押されぎみのように見えますね……」

「それは困ったな」

月の基地ではがっかりしたらしく、ため息のまざった声が伝わってきた。ミノルたちもそうだった。もし、この作戦が失敗に終ったら……。

勝利の日

オロ星の地上では、怪植物と虫たちの戦いがくりひろげられた。それはなかなか勝負がつかず、何日もつづいた。

おたがいに相手をやっつけようと、ネバネバした液を出している。怪植物は種子を作って宇宙へ飛ばすのをやめ、虫をやっつけるのに熱中している。虫たちもぜがひでも食いつぶそうとしている。

しかし、やがて虫たちのほうが負けそうになってきた。だんだん動きがにぶくなる。虫をもっとたくさん使えばよかったのかもしれないが、いまからではまにあわない。

ヘリコプターのなかからようすを見ているキダやミノルたちは、気が気でなかった。虫が負けたら、もう方法はないのだ。

「虫勝て、植物負けろ」

と、祈ったり、叫んだりした。だが、声で応援しても、なんの役にも立たない。

ミノルはそばにあった光線銃を手にし、植物にねらいをつけた。プーボが止めた。

「そんなことしても、だめです。光線銃のききめのないことは、わかってるはずです」

「だけど、なにかをしなければ、いられない気持ちなんだ」

と、ミノルは引き金をひいた。高熱の光線がほとばしった。

そのとき、思いがけないことが起こった。命中したところで爆発が起こったのだ。植物と虫とが死にものぐるいになって出した液。それがまざりあって、きわめて爆発しやすいものになっていたらしい。

爆発は一部分だけではなかった。葉からつるへと爆発はつづき、一つの怪植物はこなごなになった。また、その飛び散った熱で、ほかの怪植物もつぎつぎに爆発していった。

時間があれば、植物も爆発しないように、自分の性質を変えたにちがいない。しかし、あまりに突然だったのだ。

「あぶない……」

と、キダが言い、ヘリコプターを上昇させた。爆発の風で機体がゆれたのだ。それに、うかうかしていると、こっちまで火が移ってくるかもしれない。

「すごいながめね」

と、ハルコが言った。高くあがって見おろすと、爆発がどんどん広がっていくのがわかった。赤く輝く火を散らし、外側へ外側へと広がっていくのだ。

夜になると、限りない数の花火を上げているようで、雄大な美しさだった。それは月の基地にいる人たちも見ることができた。

キダはヘリコプターを飛ばし、各地で光線銃を使った。こうすれば、怪植物の全滅も早くなるはずだからだ。

しかし、爆発しつくしてしまうには、けっこう時間がかかった。いちおうおさまってから、みなは着陸し、ようすを調べるために外へ出た。手ごわかった怪植物も、いまは灰になって、あとかたもない。

「みんなこなごなになっちゃったようね。いいきみだわ」

と、ハルコが言った。プーボはくわしく調べてから報告した。

「地面の中の根まで、こなごなです。もう大丈夫でしょう」

「そうとは言いきれない。まだタネがどこかに残っているかもしれない。早くその問題にとりかかろう」

と、キダは言った。種子が残っていると、植物はまた息を吹きかえし、こんどこそとりかえしのつかないことになる。

キダは無電で月の基地に連絡した。

「怪植物は全滅しました。しかし、タネさがしをしなければなりません。

そのために、あらゆる人と資材とを使ってください」

もし残った種子をみつけたら、すばやく入れ物にとじこめる。栄養物がなければ生長しないのだ。これを急いでやらなければならない。

その作業がはじめられた。手わけをして地上をくわしく調べたが、種子は残っていないようだった。虫との戦いがはじまってから、植物は種子を作るどころではなくなっていたのだろう。それまでの種子は、すでに植物に生長していたのだ。

それでも、しばらくは心配だった。どこかにひとつでも残っていると大変なのだ。

しかし、何日かすぎても、怪植物はどこからも育ってこなかった。

「やれやれ、やっと終ったようだ」

「なんという、長い苦しい戦いだったろう。まだ終ったと信じられない気分だ」

オロ星人たちは、キダやミノルたちと顔を見合わせ、大きくため息をついた。だれも疲れきっており、倒れる寸前だった。もう少し長びいたら、どうなっていたかわからない。

怪植物は爆発ですっかりほろんだが、虫はまだいくらか残っていた。そして、ほかの植物を食べつづけている。

しかし、虫は、もはやふえず、しだいに数がへってゆき、そのうちに、まったくいなくなった。雌の虫がまざっていなかったので、卵が残らなかったのだ。

テリラ星からつれてきた強く大きな鳥たちは、あいかわらず飛んでいた。だが、なれているのでおとなしい。種子をうち落とす仕事がなくなり、そのうち力を持てあましてあばれはじめるかもしれないが、退治できない強敵ではない。

残る問題は、砂の星にいる虫たちだ。しかし、よそへ広がる心配はない。注意をしながら研究すれば、退治法をみつけることができるだろう。

なにもかも一段落だった。しかし、ひと休みするわけにはいかない。やることはたくさんある。

まず、海底の都市に連絡した。そこでは、大ぜいのオロ星人たちが、不安な夢を見ながら冬眠しつづけているのだ。

「われわれは勝った。もう安心です」

しらせを受けて、人びとは長い眠りからめざめ、つぎつぎに地上へ戻ってきた。その人たちは、手のつけようもなく強かったあの怪植物が、すっかりほろんでいるのを見て、ほっとした。

もちろん、地上はずいぶん荒れはてている。建物や橋はこわれ、畑や牧場もめちゃめちゃだ。しかし、力を合わせて努力すれば、やがては、むかし以上に栄えることができるのだ。

それに、むかしとちがって、科学を利用したり、宇宙に進出する時には、よく注意しなければならないことが、身にしみてわかっている。もう、かるがるしいあやまちは、二度と起こさないだろう。

人びとは、冬眠中に行なわれた、植物を退治する戦いの苦心を聞き、キダやミノル、ハルコやプーボたちの手伝いを知り、心からお礼を言った。

それから、みなで、

「ばんざい」

をとなえた。それは大きく明るく力強く、宇宙のはてまでとどくかと思われる声だった。

包み

ある画廊で個展が開かれていた。その老人の画家は、第一日目ということもあり、そこに姿を見せていた。年齢のわりには、ずいぶん若々しく見えた。

鑑賞しようと入ってくる人の流れは、なかなか絶えなかった。画廊の主人はうれしそうだった。

「先生、今回も成功ですよ。ごらんなさい、みな熱心にながめています」

やってきた美術評論家は、画家のそばへ来て話しかけた。

「すばらしい。またも新しい分野を開拓なさいましたね」

「ありがとうございます。ほめていただいて」

「おせじじゃありませんよ。拝見して、びっくりしました。すべての絵に共通して、静寂がありますね。あの風景画もそうだし、こっちの都会の絵もそうだ。静かさがみちています。そこですよ、面白いのは」

「面白いでしょう」

「ええ、ただの面白さじゃありません。あの風景画、荒れ狂う暴風を描きながら、音をまるで感じさせない。それに、あの絵。楽器を演奏する若者たちを描いていて、うるさくなければならないのに、感じさせるものは静寂です。ふしぎでなりません。奇妙です。いや、神秘的というべきかな。あなたみたいに評論家泣かせの画家はいませんよ。つぎにどう発展するのか、まるで予測がつかない。いったい、どうしてこんな構想がわいてきたのです」

「なんとなく、そんな気になったのですよ」

「ずっと静寂というものを追求してきたというのならわかるのですがね。しかし、あなたはそうじゃない。個展を開くたびに、まったく新しい世界を作りあげる。つぎは、どんなテーマをあつかわれますか」

「それは、まだわかりません」

「しかし、いずれにせよ、また新しい分野を拝見できることはたしかですね。かけねなしに、あなたは前例のない画家です」

この評論家ばかりでなく、会場に飾られている絵を見る者は、みな同じような感想を持つのだった。


その画家は、五十歳のころまでは、まったく世に認められなかった。無名もいいところ。そのため、結婚どころでなく、いまだに独身だった。食うや食わずの生活がずっとつづいていた。好きで選んだ道とはいうものの、いいことはあまりなかった。

ちょっとした金持ちや成功者たちにたのまれて肖像画を描くとか、地方の町からたのまれて名所の景色を描くとかいう仕事をやっていた。早くいえば、写真がわりといったあつかいだった。そういう腕前はあり、できたものはまさに写真に近いほどみごとなのだが、それだけなのだった。個性とか、想像力とか、訴えるものとか、そういうものがない。したがって、そんなたぐいの注文しかなかったのだ。

古くから知りあいの画商は、そんな画家を気の毒に思い、このような依頼を取り次いでくれる。しかし、好きなように腕をふるった作品をたのまれることはなかった。いいもののできるわけがなかった。それに、本人にもその自信はなかった。

都会では生活の費用がかかりすぎるので、その画家はいなかに居を移した。山すその村の一軒の小さな家を借りて住み、衣食住すべて安あがりだった。周囲に刺激的なものはなんにもないが、それはいたしかたない。画商からの依頼があると、都会や他の地方に出かけるが、そのほかの日々は、ここですごすのだった。

近くの風景を写生してみたこともあった。しかし、やってきた画商は、それを引き取ってくれなかった。もっとも、期待もしていなかった。画家はひとりつぶやく。

「このへんは空気もいいし、水もきよらかだ。健康にはいいぞ。きっと長生きするだろうな。しかし、わたしは今まで以上になれまい。残念だが、このとしになっては、ほかの職にもつけない。これが与えられた人生というものか……」

いささか、あきらめの心境になっていた。

そんな彼の上に、変化がもたらされた。ある夜、そろそろ眠ろうかという時刻、そとから戸がたたかれ、声がした。

「夜おそく、すみません……」

「なんでしょうか……」

画家は戸をあけた。ひとりの青年がそこに立っていた。色白で、育ちのよさそうな感じだった。頭もよさそうだ。しかし、なにか困っているようなようすだった。こんな青年をモデルにして描いてみたいな。ふと、そう思った。これまで、年配のいわゆる名士ばかりを描かされ、うんざりしていたのだ。

「……なかへお入りになりませんか」

退屈しのぎの話し相手になってもらいたい気もした。しかし、青年は言った。

「いえ、あまりご迷惑をおかけしたくありませんので、ここでけっこうです」

「なにかお困りのようですね。わたしでお役に立つのなら……」

「もし、よろしかったら、この包みをあずかっていただけませんか。どこか、そのへんの片すみにでも置いといて下さればいいのです」

「それぐらいでしたら、お安いご用です。ごらんのように、都会生活とちがって建物はぼろですが、場所だけはたっぷりあります」

「それは、ありがたい。じゃあ、よろしく。いずれ、おみやげでも持って、受け取りにまいります」

青年はかかえていた包みを戸口に置き、そのまま立ち去った。画家はそれを、すみのほうに移した。

そのうちあらわれるだろうと画家は心待ちしていたが、三か月ほどたっても、青年は受け取りに来なかった。

いったい、なにが入っているのだろう。画家はなんということなく考えた。そばへ行って見つめなおした。小型のカバンぐらいの大きさの四角いもの。紙で包んでテープでとめてあり、その上にひもがかけられている。文字はなんにも書いてなかった。高価なものが入っているような外観ではなかった。手で持ってみたが、重さからは中身の見当のつけようがなかった。

あけてみたい誘惑にかられたが、実行するにはためらいがあった。包みなおしたあとがあったら、青年がやってきた時、ぐあいの悪いことになる。

画商から仕事があるとの手紙がとどき、画家は都会へ出かけた。となりの家の人に、もし留守中に青年が来たら、あの包みを渡してやってくれとたのんで。

そして、仕事をすませて帰宅してみると、包みは依然としてそこにあった。あの青年は取りに来なかったのだ。さらに三か月がたった。包みをあずかってから半年たったことになる。

画家は包みの存在が気になってならなくなった。いったい、あの青年はどうしたんだろう。なぜ取りに来ないんだ。あのあと山道で遭難でもしたのだろうか。道に迷い、林の奥でだれにも発見されないまま死体になってしまったのではなかろうか。

包みの中身は、なんなのだろう。あの年ごろだ。恋愛をしているにちがいない。その女性の写真なんかも入っているのだろうな。あるいは、彼女へのみやげの品も。

どんな女性だろう。山で遭難したとも知らず、恋人の訪れるのをずっと待ちつづけている女。画家だけあって、あの青年の顔はよくおぼえていた。忘れがたい印象を残している。それにふさわしい女性となると……。

画家はこころみにデッサンをしてみた。こんなところかな。いや、もっと美人かもしれない。やってみると意外に面白かった。たぶん、こんなところではなかろうか。彼はそれを絵に仕上げた。モデルなしに描いたはじめての作品だった。

そのうち、ふと、もしかしたら年長の女性かもしれないと思った。色白で弱々しいところがあった。ああいう青年は、としうえの女性に愛されるタイプかもしれない。となると、こんな女性だろうか……。

そんなふうにして、四枚の絵ができあがった。

さらに何か月かがたったが、青年は包みを取りにあらわれなかった。どういうことなのだろう。死んだのでなければ……。

ひょっとしたら、犯罪に関連があるのかもしれない。所持していてはぐあいの悪いものだ。へたに捨てたら発見されるおそれがある。そこで、包みにしてさりげなくここにあずけていったとも考えられる。つまり、犯行現場に残しておけない凶器のたぐいだ。

しかし、あの青年はそう残忍そうには見えなかった。となると、自衛のためのやむをえない行為だろう。襲いかかられ、どうにも防ぎようがなく、たまたまそこにあった包丁をつかんで、相手を突き刺す。そんな光景が頭に浮かんできた。

画家はそれを絵にした。しかし、あの青年の顔を描くわけにはいかない。こっちを信用して包みをあずけていったのだ。それは裏切れない。上半身はだかの男の胸。にくにくしい表情を持った胸、つまり、その上に凶悪な顔がくっついていそうな胸。それに突き刺さる寸前の包丁といった構図のものになった。一瞬後には、血しぶきの散るのが想像でき、思わず身を引きたくなるようなできばえだった。

彼はさらに描いた。あの青年、なにかどうにもがまんできないほどの屈辱を受け、そのあげくやったのかもしれない。そして、凶器はハンマーかもしれない。包みの重さから、そんな気もする。ハンマーをにぎった手という、簡単な構図の絵だった。その手はほっそりしているのに、にくしみがこもり、こまかなふるえが感じられるようなみごとなものとなった。映画のフィルムをストップさせたような、なんともいえない迫力があった。

久しぶりに都会から画商がやってきて、画家に言う。

「どうです、このごろは」

「まあまあですよ」

「また、いつものような注文を取ってきましたよ……」

と画商は話しかけたが、そのへんにある女を描いた四枚の絵を見つけて声を高めた。

「……いったい、これはだれが描いたんです。すばらしいものだ」

「わたくしですよ」

「なんですって。なるほど、たしかにあなたのタッチだ。しかし、いままでになかった、なにかがある。傑作ですよ。信じられないくらいだ。この女性たちの清純なこと。雑然とした現代にはありえないようなロマンチックなムードがある。モデルはだれです」

「それが、じつはいないんで……」

「あなたにしては、珍しいことじゃありませんか。ついに、ご自分の世界をおつかみになりましたな」

「そんなふうに言われると、悪い気はしませんね」

こんなことははじめてで、画家は照れくさがっていた。画商は室内を歩きまわり、包丁とハンマーの絵も見つけ出した。

「おや、これはまた、がらりと変った作品ですね。ぞくっとくるものがある。どなたが描いたのですか」

「それも、わたしです」

「まさか。いや、よく見るとやはりあなたのタッチだ。むこうの女の絵とくらべると、まったく異質なものがある」

「そんな絵は、売り物にならないでしょう」

「いやいや、最近はこんなタイプのものを評価する人もいるんですよ。いわゆる絵らしい絵にはあきあきしたといってね。それにしても、こう両極端をよく描きわけられましたね」

「ええ、まあ、なんとか……」

「わたしは、いい絵を売るのが商売。芸術家の内面までは立ち入れないし、そうしようとも思いません。しかし、傑作を見つけることにかけては、修行をつんでいるつもりです。大変なことですよ、これは。持ってきた注文は、ほかの人に回してしまいましょう。それどころじゃない事態です。まず、この絵をみんな、わたしにおまかせなさい。画廊に並べて、少し宣伝してみます。きっと反響がありますよ。ほかの人たちの絵とくらべて、決して見おとりしません。それどころか、圧倒してしまうでしょう」

「うまくゆくでしょうか」

「大丈夫ですよ、この商売は長いんです。勘でわかりますよ。あなたは長い不遇時代を乗り越え、やっと自分の才能をめざめさせたのです。そうそう、これを機会に、名前をお変えなさい。新人として生れ変るのです。まあ、楽しみにお待ち下さい。うまくやってさしあげます」

画商はひとりで興奮し、それらを持ち帰った。そして、展示がなされ、好評だった。名を変えたため、いままでの写真がわりのような絵を描いていたのと別人に思われ、それもよかった。画商は驚異の新人として売り出したのだ。

どえらい画家があらわれた。清純なものを描くかと思えば、血のにおいを感じさせるものも描く。五十歳すぎだそうだ。それなのに、よくこれだけはばひろい対象に取り組めたものだ。才能が花ひらくとは、こういうことなのだろう。これからが楽しみだ。といったぐあいに好評だった。

画商は画家のところへ報告に来た。

「みんな高く売れましたよ。それから、これが批評です」

と美術評論家たちの文章の切り抜きを見せた。

「夢のような気分ですよ」

「現実をみとめて、これからは自信をお持ちなさい。これからは、お好きなように、どんどん描いて下さい。清純ものでもいいし、犯罪ムードのでもいい。お客さんが待っているんです。あの調子を忘れないようにね。すぐとりかかって下さい」

「しかし、そううまく描けるかどうか」

「大丈夫ですよ、いまのあなたなら」

まとまった金を置いて、画商は帰っていった。画家は数日間、ぼんやりとすごした。なかなか事態が信じられなかったのだ。しかし、のんびりともしていられない。

ではとりかかるかと、清純な女を描こうとした。だが、ぜんぜんうまくいかない。あの時は、包みのなかに、青年の恋人に関係しているものが入っているのではと想像したから描けたのだ。また、犯罪ムードのものも描けなくなっていた。いまは凶器のたぐいじゃないだろうと思えてきたのだ。刃物やハンマーなら、山奥のどこかに埋めればいいのだ。

もうかなりたったのに、包みをあずけた青年はまだあらわれない。中身はなんなのだろう。ながめていると、考えはしぜんにそのことになってしまう。

わたしは他人の目に悪人とはうつらないはずだ。そこをみこんで、あの青年はあずけていったのだ。なにか貴重なものが入っているのかもしれない。なんだろう。最も単純に考えてみよう。たとえば、大金。巧妙に盗むか横領した金ということだってある。常識があれば、すぐに使ったりすると発覚するぐらい、だれにだってわかる。ほとぼりのさめるまで、時間をかせいだほうが賢明だ。

銀行に持ちこむと、巨額なので怪しまれたりする。といって、自分で持っていると、使いたいという誘惑に負けてしまう。そこで、目立たない外見にして、ここへさりげなくあずけたのかもしれない。普通の人だったら、あの中身が高額紙幣でぎっしりなんて、想像もしないだろう。うまい方法だ。

となると、横取りして使ってしまっても、文句は出ないことになる。もし青年があらわれたら、目の前であけてみろと要求しよう。中身の確認のためだとか言って。相手は困り、口どめ料として、半分ぐらいくれるだろう。それでも、かなり使いでがあるぞ。

しかし、画家はなにを描いたものかわからず、近所の風景を写生し、何枚か絵にした。画商がようすを見にやってきて言った。

「いかがです、なにかおできになりましたか」

「それが、だめなのです。ご期待にそえません。以前のように風景を描いてみましたが」

「これですな。なるほど、またまた一段と高い境地に到達なさいましたな。なんともいえない、ゆとりがただよっています。むかしのあなたの作品は、こういっちゃあ失礼ですが、お金をかせぎたい一心がにじみ出ていて、どうしようもなかった。しかし、それがふっ切れて、ゆうゆうたる大家の風格が出ています。いったい、どうしてこんな変化が起ったのでしょう」

「さあね。で、こんな絵でもいいんですか」

「もちろんですとも。どんどん描きつづけて下さい」

画商はそれらを持ち帰った。またも好評のうちに売れてしまった。

その画家は、つぎつぎに作風のはばをひろげていった。べつに努力をしてそうなったのではない。なにを描いたものか迷い、室内を歩きまわっているうちに、目はつい例の包みにいってしまうのだ。

そして、中身はなんだろうと考え、あれこれ想像しているうちに、ひとつのイメージに発展し、作品となる。

もしかしたら妖精《ようせい》でも入っているんじゃないかと考えたこともあった。そういえば、あの青年、どこか人間ばなれしたようなところもあった。絵の売れないのをあわれんで、わたしにそれをあずけたのかもしれない。だから、あれ以来、絵が売れるようになった。当分、取りに来ないでくれるといいが……。

などと考えると、どんな妖精だろうと想像はひろまり、幻想的な絵ができあがるのだった。すべてを明るい夢に変えてしまう、かわいらしい妖精。童画風な絵が何枚も完成した。画商は目を丸くして驚き、なかばあきれながら、それを持ってゆく。

いやいや、あの包みの中身は、妖精なんてなまやさしいものじゃなく、死神かもしれない。あの青年、やってきた死神をうまくだまして、あのなかに封じこめた。取りに来ないのは、そのためだ。包みをあけたとたん、それはこっちにとりつく。なかを調べようとし、そんな目に会わなくてよかった。仕掛けのある爆弾のようなものではないか。そもそも、好奇心こそ身をほろぼすもとなのだ。

いや、あの青年が死神を封じこめたのかどうか、そこは断言できないかもしれない。だれか他人から、あの包みを押しつけられた。中身の見当はつかない。あけようかどうしようか、そういった自分の好奇心との戦いにたえられなくなり、あるいは死神ではないかと察して、ここへ置いていったのだ。

青年が取りに来ないのは、包みのあけられるのを待っているのだ。わたしがあけてみる。その結果、死神でなく、もっといいものだとわかったところへ取りに来る。ありうることだ。まったく、油断もすきもない世の中だからな。

それにしても、死神がいるとなると、どんな顔つきだろう。こんなだろうか。画家は思いつくままを絵にする。いやいや、死神とは案外、楽しげに笑っているのかもしれない。そんなふうにして、何枚かが仕上った。いずれも表情はちがうが、だれが見ても死神とわかる。若い女性の死神もあった。画商は驚嘆し、それらもまた非常な好評で売れてしまった。

このようにして年月がたち、画家はとしをとっていった。それとともに名声もあがった。知らない人のほうが少ない。ああ、あの五十歳をすぎてから描きはじめ、たえず新しい分野に挑戦しつづけている画家かと。しかし、現実はそんな意欲的なものではなかった。包みの中身が気になってならないだけのことなのだ。

こんなふうに考えてみることもあった。あの青年は産業スパイで、みごと盗み出したはいいが、追いつめられて逃げ場がなくなり、ここにあずけざるをえなかったのかもしれない。

あの中身は、なにか画期的な新製品の試作品とその設計図なのかもしれない。たとえば、そう、騒音をまったく消してしまう装置といった……。それが製造され、普及したらどうなるだろう。画家はそんな空想にひたりながら、何枚かの絵を描いた。

画商のすすめで個展を開く。それらの絵は、どれもなんの音も感じさせない。ふしぎな静寂として評判になったのがそれだったのだ。

画家は七十歳になり、七十五歳になった。絵を描きつづけている。つまり、あの青年が依然として包みを取りにあらわれないのだ。

騒音防止器なんかじゃなくて、新しい楽器かもしれない。そう想像が動きはじめると、画面にメロディーのただよう新鮮な絵が何枚もできてしまう。

プリズムのようなものかもしれない。人口を減少させる薬の製法を記した書類だろうか。世に希望をもたらす救世主だろうか。その反対の悪魔だろうか。いや、なにか怪奇的な宗教の秘宝かもしれない。未知の中身への好奇心はおとろえることなく、彼がなにか想像を発展させれば、それが作品になる。

ずっと置かれたままの包みは、いまや彼にとってイマジネーション・マシンといえた。作品を創造する源泉だった。こうなったら、いつまでも取りに来ないほうがいい。その一方、中身を知りたいという興味も弱まることはなかった。いつか、あの青年が取りに来るかもしれない。その日を夢みて、彼は描きつづけるのだった。

八十歳になり、八十五歳になる。画家はまだ想像しつづけ、仕事をしつづけている。そうだ、考えたこともなかったが、中身はからっぽなのかもしれない。包みのなかは容器で、そのなかにはなにもないのだ。すると、無を感じさせる抽象的な絵が何枚もできた。あるいは、宇宙の構成図という、どえらいしろものかもしれない。そう想像すると、これまでだれも描かなかったようなタイプの絵となるのだった。

さらに年月がたち、ついにその画家の寿命がつきる時がきた。やすらかな死だったという。あすを見つめているような死顔だったという。あすとは、あの青年が包みを取りに来て、中身の判明する日のことなのだ。どのマスコミも大きくとりあげ、その死を惜しみ、すぐれた業績をたたえた。こんな画家ははじめてだと。事実、そうだったのだ。

それののった新聞を見て、つぶやいた男がいた。

「あ、あの人か。ずっとむかし、包みをあずけたことがあったな。そのうち取りに行こうと思いながら、ついつい行きそびれているうちに、有名になってしまった。こうなると、ますます行きにくい。どうせ捨ててしまって、ぼくのことなど忘れてしまっただろう。そこを訪問し、相手をいやな気分にさせては悪いしな。なにしろ、偉大な画家になってしまったのだ。こっちみたいな、名もない人間に出現されては迷惑にきまっている。で、そのままになっていた。まあ、いいさ、ぼくにとっては、べつにどうってこともない品なんだから……」

本書は、平成十八年六月に小社より刊行した『宇宙の声』および平成十九年六月に小社より刊行した『地球から来た男』を底本に再編集したものです。なお本文中には、気ちがいなど、今日の人権擁護の見地に照らして使うべきではない語句や、不適切な表現があります。しかしながら、作品全体を通じて差別を助長する意図はなく、執筆当時の時代背景や社会世相、また著者が故人であることを考慮の上、原文のままとしました。

（編集部）

100分間《ぶんかん》で楽《たの》しむ名作小説《めいさくしょうせつ》

宇宙《うちゅう》の声《こえ》

星《ほし》 新一《しんいち》

令和6年 11月25日　初版発行

発行者●山下直久

発行●株式会社KADOKAWA
〒102-8177　東京都千代田区富士見2-13-3
電話　0570-002-301（ナビダイヤル）

角川文庫 24404

印刷所●株式会社暁印刷
製本所●本間製本株式会社

表紙画●和田三造

ISBN 978-4-04-115251-5　C0193

◇◇◇

角川文庫発刊に際して

角川源義

第二次世界大戦の敗北は、軍事力の敗北であった以上に、私たちの若い文化力の敗退であった。私たちの文化が戦争に対して如何に無力であり、単なるあだ花に過ぎなかったかを、私たちは身を以て体験し痛感した。西洋近代文化の摂取にとって、明治以後八十年の歳月は決して短かすぎたとは言えない。にもかかわらず、近代文化の伝統を確立し、自由な批判と柔軟な良識に富む文化層として自らを形成することに私たちは失敗して来た。そしてこれは、各層への文化の普及滲透を任務とする出版人の責任でもあった。

一九四五年以来、私たちは再び振出しに戻り、第一歩から踏み出すことを余儀なくされた。これは大きな不幸ではあるが、反面、これまでの混沌・未熟・歪曲の中にあった我が国の文化に秩序と確たる基礎を齎らすためには絶好の機会でもある。角川書店は、このような祖国の文化的危機にあたり、微力をも顧みず再建の礎石たるべき抱負と決意とをもって出発したが、ここに創立以来の念願を果すべく角川文庫を発刊する。これまで刊行されたあらゆる全集叢書文庫類の長所と短所とを検討し、古今東西の不朽の典籍を、良心的編集のもとに、廉価に、そして書架にふさわしい美本として、多くのひとびとに提供しようとする。しかし私たちは徒らに百科全書的な知識のジレッタントを作ることを目的とせず、あくまで祖国の文化に秩序と再建への道を示し、この文庫を角川書店の栄ある事業として、今後永久に継続発展せしめ、学芸と教養との殿堂として大成せんことを期したい。多くの読書子の愛情ある忠言と支持とによって、この希望と抱負とを完遂せしめられんことを願う。

一九四九年五月三日

100分間で楽しむ名作小説

あなたの100分をください。

蜘蛛の糸　芥川龍之介
人間椅子　江戸川乱歩
走れメロス　太宰 治
神童　谷崎潤一郎
夜市　恒川光太郎
文鳥　夏目漱石
銀河鉄道の夜　宮沢賢治
曼珠沙華　宮部みゆき
宇宙のみなしご　森 絵都
黒猫亭事件　横溝正史
白痴　坂口安吾
みぞれ　重松清
宇宙の声　星 新一
瓶詰の地獄　夢野久作

あなたの時間を少しだけ、
小説とともに。
いつもより大きな文字で
届ける厳選名作。

角川文庫

角川文庫ベストセラー

地球から来た男　星　新一

おれは産業スパイとして研究所にもぐりこんだものの、捕らえられる。相手は秘密を守るために独断で処罰するという。それはテレポーテーション装置を使った地球外への追放だった。傑作ショートショート集！

おかしな先祖　星　新一

にぎやかな街のなかに突然、男と女が出現した。しかも裸で。ただ腰のあたりだけを葉っぱでおおっていた。アダムとイブと名のる二人は大マジメ。テレビ局が二人に目をつけ、学者がいろんな説をとなえて……。

ごたごた気流　星　新一

青年の部屋には美女が、女子大生の部屋には死んだ父親が出現した。やがてみんながみんな、自分の夢をつれ歩きだし、世界は夢であふれかえった。その結果……皮肉でユーモラスな11の短編。

竹取物語　星　新一＝訳

絶世の美女に成長したかぐや姫と、5人のやんごとない男たち。日本最古のみごとな求愛ドラマを名手がいきいきと現代語訳。男女の恋の駆け引き、月世界への夢と憧れなど、人類普遍のテーマが現代によみがえる。

城のなかの人　星　新一

世間と隔絶され、美と絢爛のうちに育った秀頼にとって、大坂城の中だけが現実だった。徳川との抗争が激化するにつれ、秀頼は城の外にある悪徳というものの存在に気づく。表題作他5篇の歴史・時代小説を収録。

角川文庫ベストセラー

きまぐれエトセトラ　星　新一

何かに興味を持つと徹底的に調べつくさないと気がすまないのが、著者の悪いクセ。UFOからコレステロールの謎まで、好奇心のおもむくところ、調べつくす〝新発見〟に満ちた快エッセイ集。

声の網　星　新一

ある時代、電話がなんでもしてくれた。完璧な説明、セールス、払込に、秘密の相談、音楽に治療。ある日マンションの一階に電話が、「お知らせする。まもなく、そちらの店に強盗が入る……」。傑作連作短篇！

きまぐれ体験紀行　星　新一

好奇心旺盛な作家の目がとらえた世界は、刺激に満ちている。ソ連旅行中に体験した「赤い矢号事件」、マニラで受けた心霊手術から断食トリップまで。内的・外的体験記7編を収録。

あれこれ好奇心　星　新一

想像力が止まらない！　ショートショート1001篇を完成させ、〝休筆中〟なのに筆が止まらない!?〈ホシ式〉休日が生んだ、気ままなエッセイ集。

きまぐれ学問所　星　新一

本を読むのは楽しい。乱読して、片端から忘れていくのも楽しいけれど、テーマ別に集中して読めば、もっと楽しい。頭の中でまとまって、会話のネタにも不自由しません。ホシ式学問術の成果、ご一緒にどうぞ。

角川文庫ベストセラー

角川文庫ベストセラー

みぞれ　重松　清

思春期の悩みを抱える十代。社会に出てはじめての挫折を味わう二十代。仕事や家族の悩みも複雑になってくる三十代。そして、生きる苦みを味わう四十代──。人生折々の機微を描いた短編小説集。

とんび　重松　清

昭和37年夏、瀬戸内海の小さな町の運送会社に勤めるヤスに息子アキラ誕生。家族に恵まれ幸せの絶頂にいたが、それも長くは続かず……高度経済成長に活気づく時代と町を舞台に描く、父と子の感涙の物語。

みんなのうた　重松　清

夢やぶれて実家に戻ったレイコさんを待っていたのは、いつの間にかカラオケボックスの店長になっていた弟のタカツグで……。家族やふるさととの絆に、しぼんだ心が息を吹き返していく感動長編！

ファミレス（上）（下）　重松　清

妻が隠し持っていた署名入りの離婚届を発見してしまった中学校教師の宮本陽平。料理を通じた友人である、一博と康文もそれぞれ家庭の事情があって……50歳前後のオヤジ3人を待っていた運命とは？

木曜日の子ども　重松　清

「私」は結婚した妻の連れ子・晴彦との距離を縮めかねていた。そんな中、7年前の無差別殺人犯の影が息子を覆う。いじめ、家族、少年の心の闇──。著者が紡いできたテーマをすべて詰め込んだ、震撼の一冊。